丁伶郎

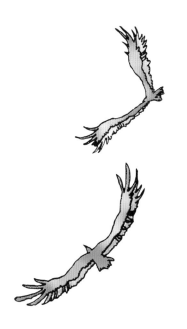

國家圖書館出版品預行編目資料

丁伶郎 / 潘人木著; 鄭凱軍, 羅小紅繪圖.－－初版
二刷.－－臺北市; 三民, 2003
　　面;　　公分－－(兒童文學叢書. 童話小天地)
　ISBN 957-14-3187-7　(精裝)

859.6　　　　　　　　　　　　　　　　89003699

網路書店位址　http://www.sanmin.com.tw

© 丁　伶　郎

著作人　潘人木
繪圖者　鄭凱軍　羅小紅
發行人　劉振強
著作財
產權人　三民書局股份有限公司
　　　　臺北市復興北路386號
發行所　三民書局股份有限公司
　　　　地址／臺北市復興北路386號
　　　　電話／(02)25006600
　　　　郵撥／0009998-5
印刷所　三民書局股份有限公司
門市部　復北店／臺北市復興北路386號
　　　　重南店／臺北市重慶南路一段61號
初版一刷　2000年4月
初版二刷　2003年9月
　編　號　S 854971
　定　價　新臺幣肆佰元整
行政院新聞局登記證局版臺業字第○二○○號

海 闊 天 空 任 遨 遊
（主編的話）

小時候，功課做累了，常常會有一種疑問：「為什麼課本不能像故事書那麼有趣？」

長大後終於明白，人在沒有壓力的狀況下，學習的能力最強，也就是說在輕鬆的心情下，學習是一件最愉快的事。難怪小孩子都喜歡讀童話，因為童話有趣又引人，在沒有考試也不受拘束的心境下，一書在握，天南地北遨遊四處，尤其在如海綿般吸收能力旺盛的少年時代，看過的書，往往過目不忘，所以小時候讀過的童話故事，雖歷經歲月流轉，仍然深留在記憶中，正是最好的證明。

童話是人類智慧的累積，童話故事中，不論以人或以動物為主人翁，大都反映出現實生活，也傳遞了人類內心深處的心理活動。從閱讀中，孩子們因此瞭解到自己與周遭環境的關係。一本好的童話書，不僅有趣同時具有啟發作用，也在童稚的心靈中產生了意想不到的影響。

這些年來，常常回國，也觀察國內童書的書市，發現翻譯自國外的童書偏多，如果我們能有專為孩子們所寫的童話，從我們自己的文化與生活中出發，相信意義必定更大，也更能吸引孩子們閱讀的興趣。

這套《童話小天地》與市面上的童書最大的不同是，作者全是華文作家，不僅愛好兒童文學，也關心下一代的教育，我們都有一個共同的理想，為孩子們寫書，讓孩子們在愉快中學習。

想知道丁伶郎怎麼懂鳥語，又怎麼教人類唱歌嗎？智慧市的市民有多麼糊塗呢？小老虎與小花鹿怎麼變成了好朋友？奇奇的磁鐵鞋掉了怎麼辦？屋頂上的祕密花園種的是什麼？石頭又為什麼不見了？九重葛怎麼會笑？紫貝殼有什麼奇特？……啊，太多有趣的故事了，每一個故事又那麼曲折多變，讓我讀著不僅欲罷不能，還一一進入作者所營造的想像世界，享受著自由飛翔之樂。

感謝三民書局以及與我有共同理想的作家朋友們，我們把心中最美好的創意在此呈現給可愛的讀者。我們也藉此走回童年，把我們對文學的愛、對孩子的關心，全都一股腦兒投入童書。

祝福大家隨著童話的翅膀，遨遊在想像的王國，迎接新的紀元。

我 對 兒 童 文 學 的 看 法

　　兒童文學不是比成人文學「低一等」的文學。它需要同樣的技巧，但它又是「別有天地」的，因閱讀對象不同嘛。但既然稱為文學，就應該也具有文學的品質。文學的品質也就是文學的「內在美」，是作品整體呈現和感性的獨立表達。

　　我寫過不少兒童讀物。每一本都曾問過自己：「你是不是用心靈來寫的？」此書亦然。

　　寫作的人，每個人心裡可能都有很多「點子」，把點子以藝術的方法傳達給讀者，各人有自己的方式。我的方式比較傳統，當初寫此故事的「副作用」也就是給初學者做個「示範」基本上怎樣寫故事。名為故事而實際上沒有故事，那在起跑點上就失敗了。

　　第一步，選擇最近腦子裡自認為最好的點子。它要強而有力，能引起讀者的興趣，說明白一點，也就是製造一個有趣的問題。此書的點子就是假使以前的人不會唱歌，後來怎麼會的呢？

　　第二步，叫我的點子「成長」，也就是提出解決的方法。之所謂「成長」就是解決的方法不能太容易。

　　第三步，可以說與第二步同步，選擇創造主要的人物，負擔此重任。我的人物就是「丁伶郎」。這丁伶郎借重古老的傳說，謂某人生來懂鳥語，然後又加入古老的兒歌，

使他得到信任。

第四步，這最重要的一步，是鳥兒的協助，教他遇困難就念「鳥詩」，而其重點在於鳥詩用盡了，在緊急關頭時，得自己想辦法解決。一個故事中問題的解決，必須由主角來負擔關鍵部分。比如一個學生出外求學，錢花光了，就接到父母寄來的錢，這樣寫就沒有故事了。在本書中緊要關頭是丁伶郎自己闖過來的。

第五步，製造波折，故事沒波折，太順利了，就無衝突可言。以前各步皆有所謂懸疑性，一步比一步艱難，至此更面臨功虧一簣的危機。主角於是又解決了難題，此書即是丁伶郎好不容易把歌兒弄到手卻因跌了一跤，全部散失了。

第六步，給讀者一個感到滿意的結果。此書即不但尋回散失的歌，而且知道歌兒可以無限的組合。

當然故事不一定照這個方式來寫，但這是基本的練習。

我對自己作品的要求也很簡單，即保持簡潔的風格、運用純粹的中文，故事要合理的荒謬。再就是最初談的文學品質了。希望我能做到。

潘人木

兒童文學叢書
・童話小天地・

丁 伶 郎

潘人木・文
鄭凱軍／羅小紅・圖

三民書局

在很早很早以前，所有的小孩子都不會唱歌兒，所有的大人也都不會唱歌兒，誰也不知道歌兒是怎麼個唱法，大家根本想不到世界上還有歌兒這種東西。

那時候的人，最好的消遣就是聽水、聽風和聽雨。

他們覺得嘩啦嘩啦、淅瀝淅瀝、
呼呼呼呼，是世界上最好聽的聲音，
要是遇到颱風下雨的日子，打獵的也
不打獵了，砍柴的也不砍柴了，大家都
放下工作，聚在一起，享受風雨的合唱，
就像我們現在聽交響樂團演奏似的。

　　有一天，聽水村的人，正聚在河邊兒聽水，
忽然飛來一隻鳥兒。這隻鳥兒落在一棵樹上，
立刻吱吱喳喳的唱起歌兒來。那些聽水的人，
第一次看見鳥兒這種動物，也第一次聽見
鳥兒的歌聲，一時之間都愣住了、呆住了，
驚喜得說不出話來了。這是什麼動物？
牠的聲音怎麼這樣好聽呢？有誰知道嗎？

　　靜靜的過了喘口氣的工夫，一個
瘦小的人忽然站起來，跟大家說：
「那是鳥兒，牠唱的是歌兒。」
　　「你怎麼知道牠是鳥兒？你怎麼
知道牠唱的是歌兒？」

「因為我生來就懂得鳥語，我來這兒以前，有很多鳥朋友。」

說話的人名字叫丁伶郎，丁伶郎為了證明他不但懂鳥語，而且會說鳥語，就站在地上，跟那隻鳥兒喌喌啾啾的談起話來。

「要是你真懂鳥語，不要那樣啾啾的唬我們，請告訴我們，牠唱的歌兒是什麼意思？」

「牠唱的是『丁伶郎，丁伶郎，南山有隻大白羊，你吃肉來我吃腸。』牠叫我去南山牽羊呢。」

人們根本不信他，以為他是瞎說。有一些好事的，要看看他究竟是騙人啊，還是真懂鳥語，就跟著丁伶郎到南山去瞧，果然那兒有一隻沒主兒的白羊，正在咩咩的叫著。丁伶郎不慌不忙的把羊牽回來，故意繞著村子走了一圈，意思是告訴大家：你們看，我真懂鳥語吧？我把大白羊牽回來了。

全村的人都相信了，大夥兒紛紛擁到他跟前，拜託他：「你的鳥朋友還沒走，請牠教我們唱歌兒好不好？我們太喜歡歌兒了。會唱歌兒，生活一定會更有樂趣。」

丁伶郎也認為這個意見很好，就跟他的鳥朋友去交涉，交涉了半天，卻垂頭喪氣的回來說：「不行啊！要想學唱歌兒，得先有歌兒這種東西才行。有了歌兒，自然就會唱了。」

　　「請牠送我們一支歌兒，不就行了嗎？」大家著急的說。

　　「牠說牠只有一支歌兒，不能送給我們。世上所有別的歌兒都被藏起來了。」

　　「被誰藏起來了？藏在什麼地方？」

　　「被牠們的老鳥王藏起來了，藏在牠的窩裡。」

　　「那還不簡單？去掏那個鳥窩就是了。」

　　「恐怕沒有那麼簡單！」丁伶郎說，「鳥王的窩在一棵彎彎曲曲的大樹上，那大樹在一座又陡又峭的高山上，那山在混沌江的那一邊兒，誰也到不了鳥王那裡。」

11

大家沒想到事情這麼難辦，你一言我一語的討論了半天，又吵又叫的亂成一片。不管怎麼吵怎麼亂，決議卻是一致的——歌兒一定要弄到手。這件大事，就交給丁伶郎去辦，因為只有他懂得鳥語，能夠跟鳥王交涉。

丁伶郎的樣子，你們已經在前面的圖畫裡看見了。聽了全村給他的任務，一定替他為難吧？

他是又瘦又小，別說游水爬山不行，
就是多走幾步路，都會氣喘不停。
憑他的體力，怎麼能到得了那個鳥窩呢？
真比叫他登天還難啊！可是所有的人，
都希望他去，也只有他可以試一試，
他是萬萬不能推辭的。怎麼辦？怎麼辦？
他在地上來回的走，急得汗也流出來了，
眼淚也流出來了。

13

據丁伶郎後來說，那隻鳥兒看見他哭了，心裡也非常難過，就安慰他：

　　「丁伶郎，這樣吧，從這裡到鳥王住的山上，一路上都有我的朋友，也許牠們能幫你的忙。」

　　「你的朋友都不認識我，我們怎麼聯絡呢？」

　　「我教你幾首『三句詩』，遇到困難的時候，你就念。要小心挑那些合適的詩來念。閉著眼睛念三遍，就會有奇蹟出現。」

　　丁伶郎除了接受鳥兒的好意，也沒有別的選擇了。他跟那隻鳥兒開始唧唧吱吱的學詩，又搖頭又擺腦的背。好半天，那隻鳥兒看牠的人類朋友已經把鳥詩背熟了，才拍拍翅膀飛走。究竟那隻鳥兒教了丁伶郎一些什麼詩，翻成人類的話怎麼念，等一會兒，我們就知道了。

　　丁伶郎什麼都沒帶，立刻出發，他怕
一耽擱時間，把鳥朋友教他的詩忘掉，
那就糟了。
　　全村的人都出來送他，每個人都祝福他
成功歸來。

　　丁伶郎走過村人常常聽水的小河，又走過
南山，南山上的野獸，都躲在樹後邊兒
看著他，覺得這個人很奇怪，嘴巴一直
叨叨念念的，是不是在念魔咒？牠們有一點兒
怕他，也不敢惹他。

走啊，走啊，丁伶郎好不容易走到了
混沌江邊，眼前只見白茫茫的一片
江水，水流又急又深，根本不可能
過去。沒辦法，只好念鳥兒教的詩了。
他想了想，看哪首詩對解決眼前的問題
合適，想好了，照著鳥兒的吩咐，
閉起眼睛，誠心誠意的用鳥語念：

「東邊來個竈，
　西邊來個竈，
　搭座橋兒讓我過。」
　他念了三遍，睜眼一看，真是有用，
江水裡已經浮著一條又窄又長的橋，
直通對岸，這座橋全是龜搭成的，
牠們一隻咬住一隻的小尾巴，背朝上，
看來黑黑的。有幾隻好像來得太匆忙，
龜蓋兒一鼓一鼓的，還在喘氣呢。
丁伶郎很快的走過「龜背橋」去，
真是奇怪，走在上面，像是在飛，
這樣寬闊的江面，一下子就過去了。

剛一上岸，一座大山，擋住了丁伶郎的去路。那座山又高又陡，沒有路，沒有臺階，丁伶郎連抬頭看看都不敢，看一眼就頭暈，沒法子，只好閉起眼睛再念鳥朋友教的詩了。

「東邊來隻牛，
　西邊來隻牛，
　把我背著山上走。」

念了三遍，睜眼一看，他高興極了，果然有一隻大黃牛，站在他的身邊。他心想，要背我上山的，必定是牠了。立刻騎上牛背，趕牛上山。可是這隻牛，脾氣很壞，偏偏不肯爬山。丁伶郎打牠兩下，說我是鳥兒的朋友，請你幫忙。那黃牛聽了，才懶懶的往上走，沒走兩步，牛的身體朝後一仰，把丁伶郎摔了個四腳朝天。這樣陡峭的山，什麼樣的牛也上不去的。

怎麼辦呢？為什麼剛才過江，念了詩，很順利的就過來了，這回上山就不靈了呢？

丁伶郎正在著急，忽然看見
兩隻好大好大的蝸牛，
朝著他爬來。走近了，其中
一隻用兩根軟軟的觸角碰碰他，
好像說：「你上來吧。」丁伶郎
這才知道，這兩隻蝸牛才是
詩裡所說的牛，因為慢性子，
遲到了。剛才也怪自己太急躁、
太慌張，錯把黃牛當作蝸牛，
摔得渾身疼。

他緊緊的爬在一隻蝸牛的
背上，另一隻在後面推，
這樣慢慢的，一步一步的
爬上山。

天黑了，還在爬，天亮了，
還在爬。丁伶郎一整夜都沒敢
闔眼。早晨的山上非常冷，
冷得他不停的發抖。他真擔心，
要是抖得再厲害一點兒，
他們三個都會滾下山去，
粉身碎骨。

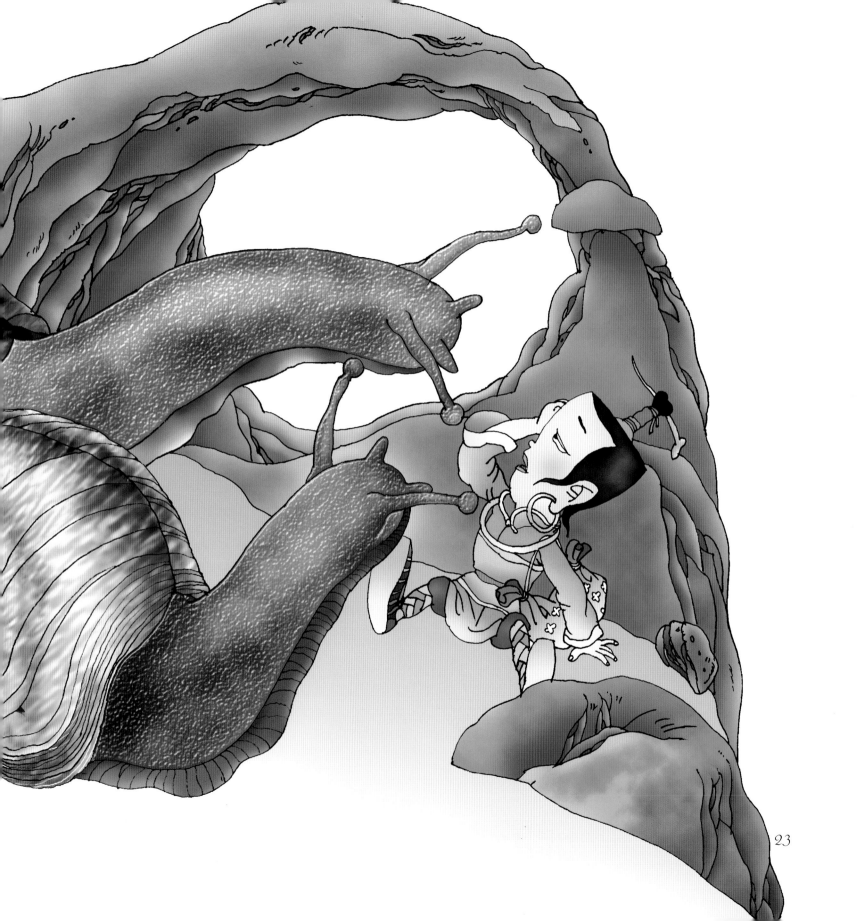

　　眼前最重要的問題，是怎麼樣才能夠
暖和一點兒。他又想起鳥朋友教的詩來了。
他閉起眼睛，誠心誠意的念：
　　「東邊來個鳩，
　　　西邊來個鳩，
　　　到我身上來焐一焐。」
　　念了三遍，睜開眼睛，真奇怪啊！只是
這麼一會兒工夫，不知道從哪兒呼啦呼啦
飛來兩隻大鳥，展開了大翅膀，蓋住
丁伶郎的身體，直到他暖和了才飛走，
還留下兩根大羽毛，搭在他的肩膀上。

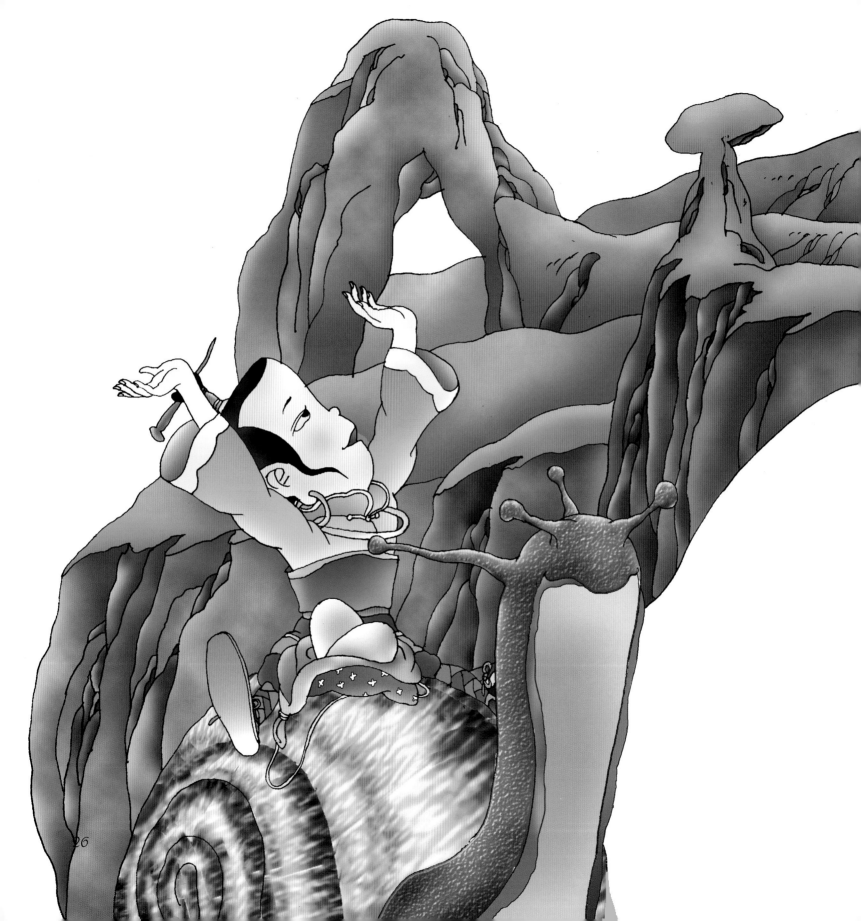

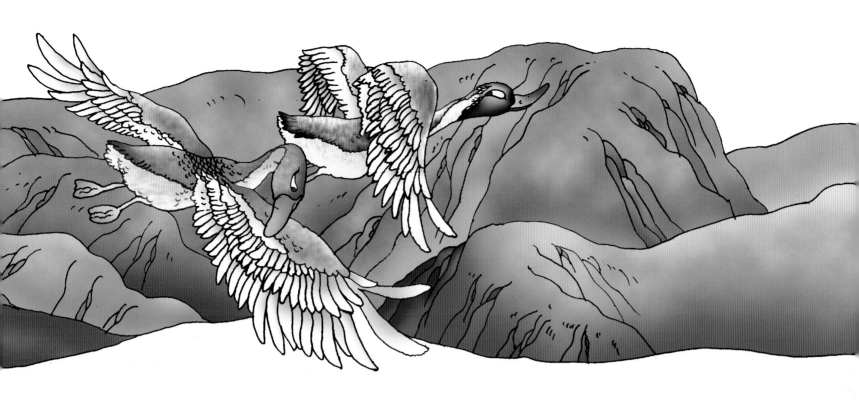

　　到了中午，丁伶郎感到肚子咕嚕咕嚕的叫，
他實在快餓昏了，渾身無力。兩隻手拼命
抱住蝸牛的背，可是就像手筋都斷了似的，
總是軟軟的，隨時會滑下來。山上一點可吃的
東西也沒有，怎麼辦呢？又得閉起眼睛念詩了：
　　「東邊來隻雁，
　　　西邊來隻雁，
　　　到我口袋裡下個蛋。」
　　念了三遍，睜開眼睛，果然有兩隻大雁飛來，
每隻雁在他的口袋裡下了一個蛋。丁伶郎
吃了蛋，精神立刻好起來，也有力氣了。

蝸牛駄著丁伶郎，爬啊，爬啊，
終於爬到了山頂。山頂上禿禿的，
什麼都沒長，只長了一棵又高
又大的樹。丁伶郎清清楚楚的
看見，樹頂的枝椏上有個大鳥窩。
他那份高興，真是怎麼說也
說不上來。千辛萬苦，挨餓受凍，
日夜盼望的東西就在眼前了，
他不由得提起腳跟，伸手去勾。
這一伸手，才知道自己太矮小了，
樹又太高了。它不單是高，
還長得彎彎曲曲、怪模怪樣，
多麼有本領的爬樹專家，怕也
沒法子爬上去。

這些都還不是最糟糕的，
最糟糕的是鳥朋友教他的詩，
已經全部用光，再沒有什麼詩
可以用來解決眼前的困難了。

丁伶郎失望得感到渾身發冷，
看樣子，人類要想會唱歌兒，
是永遠辦不到的事。

可是丁伶郎很堅強、很聰明、
很勇敢，他不放棄，他不肯讓村人
失望，他覺得既然接受了村人的
拜託，就得努力完成這件事。

他站在樹下，冷靜的想：
這棵樹要是想硬著頭皮爬上去，
是絕對不可能的。

他又想：要是這棵樹長在
我家的院子裡，我能不能想法子
上去呢？能！我會找兩條繩子來，
把自己吊上去。

可是，山上沒有繩子！

那麼，有沒有辦法做一條繩子呢？

沒有，山上連草都沒有。

有沒有像繩子似的東西呢？

只有蜘蛛的絲有點兒像，要是
特別大的蜘蛛，吐出特別粗的
絲來，也許有幫助。

不過，要找蜘蛛來幫忙，
沒念鳥兒教的詩，怕牠們不肯。
為什麼我不自己編幾句詩呢？
試試看總比放棄好。

他想了一會兒，就閉起眼睛，
誠心誠意的念起自己編的詩來：

　　「東邊的蜘蛛吐條絲，
　　　西邊的蜘蛛吐條絲，
　　　把我弔上大樹枝。」

念了三遍，睜開眼睛一看，
他真是又驚又喜，原來自己的詩
也管用，一隻好大的蜘蛛從樹上
垂下，帶著一條很粗的絲，
繞著他的腰，纏了幾十圈，
把他拉到樹的一半高；然後
另外一隻蜘蛛也來了，用同樣的
方法，再把他拉到樹頂。

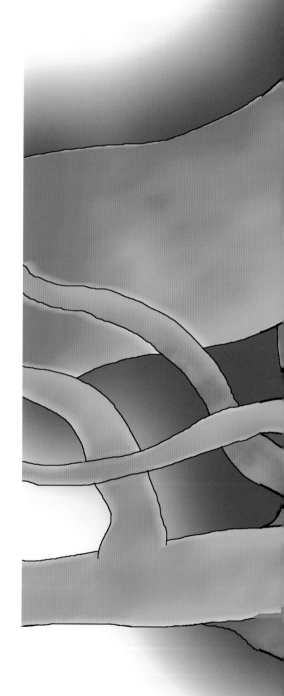

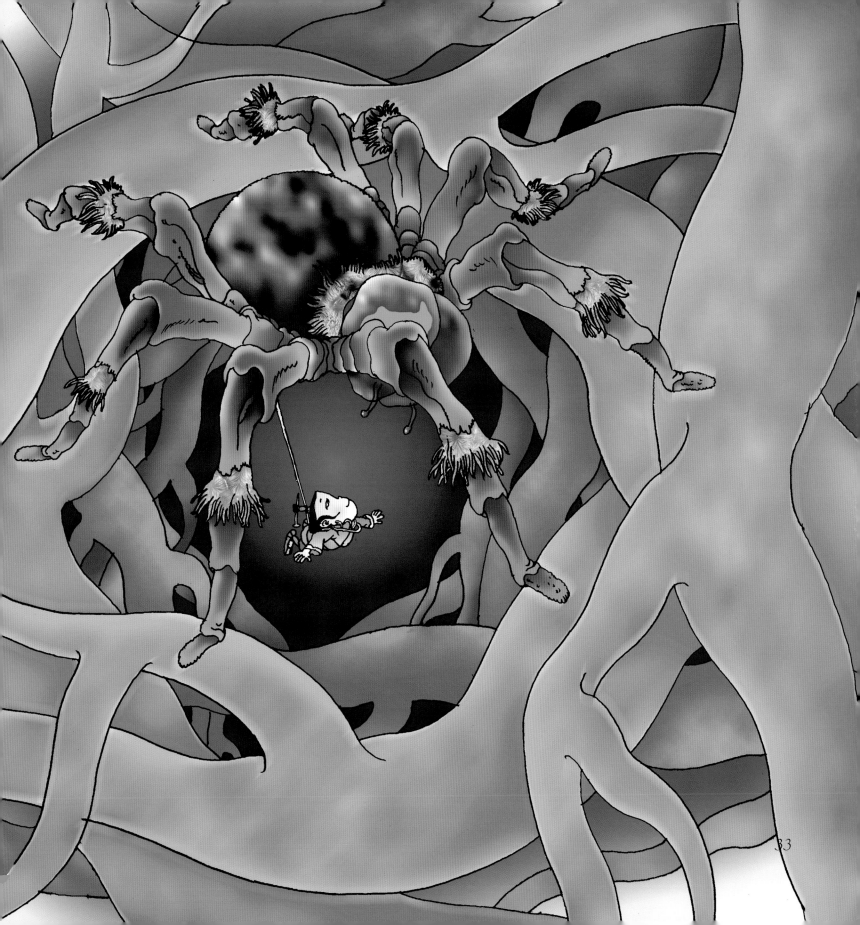

現在，丁伶郎一伸手就勾得到那個鳥窩了。可是他得冷靜，不可以冒失。他得先跟鳥王打個商量。

那鳥王看見一個人蹲在牠附近的樹枝上，並不太驚訝，好像牠早就等待著這麼一天，有人類來拜訪牠了。

丁伶郎看看那鳥王沒有生氣的樣子，就用鳥語問鳥王好，說明了他來的目的和經過，並且說要是他不把歌兒帶給村人，大家會多麼失望。

鳥王聽說他一路上這麼辛苦，心地這麼善良，意志這麼堅強，又一直是鳥類的好朋友，心裡很喜歡他，一點都沒有為難，就從牠身下的枯樹葉裡，翻出來一大串怪裡怪氣的東西，交給他：

「除了我們鳥類喜歡唱的歌兒，世上所有的歌兒都在這裡了，你拿去吧。」

37

丁伶郎細看那些歌兒的樣子，簡直像
小孩子用野草野果編的項鍊似的。
每條歌兒都由一些小黑豆豆組成。
那些小黑豆豆像小蝌蚪，大頭細尾巴，
有的還長著鬚鬚，用手一碰，就發出
很好聽的聲音，有長有短，有高有低；
再細聽，聲音共有七種：多、來、米、
發、梭、拉、西，丁伶郎隨便拿出一條，
順手一搖，跟著它唱，就可以唱出
歌兒來，真是奇妙極了。

丁伶郎向鳥王道過謝，提著那一大串
寶貝歌兒，匆匆忙忙循著原路回家。

他心裡急著把歌兒交給村裡的人，經過南山的時候，因為腳步太快了，路又不好走，不小心踢到一塊大石頭，跌了一跤。那些歌兒立刻被摔散了。只聽見它們撞在樹上、石頭上、草地上，這裡多來米，那裡米來多，到處都是歌兒。這下子可不得了啦，兔子上來搶，老虎上來抓，花鹿上來奪，各種野獸、蟲子，都撈到一兩支歌兒，有完整的，有破碎的，結果是兔子唱起歌兒來了，老虎唱起歌兒來了，花鹿也唱起歌兒來了。

什麼動物都會唱歌兒了，只有人，還不會。

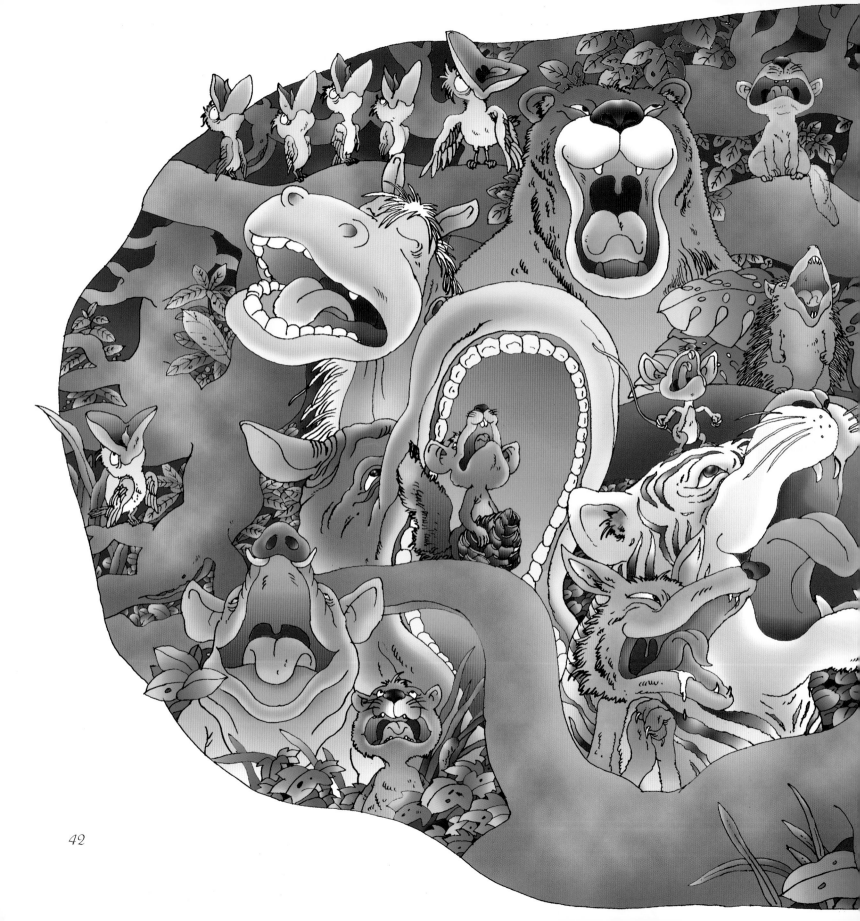

你ㄋㄧˇ可ㄎㄜˇ以ㄧˇ想ㄒㄧㄤˇ像ㄒㄧㄤ得ㄉㄜˊ到ㄉㄠˋ，
原ㄩㄢˊ來ㄌㄞˊ太ㄊㄞˋ寂ㄐㄧˋ靜ㄐㄧㄥˋ的ㄉㄜ世ㄕˋ界ㄐㄧㄝˋ，
一ㄧˊ下ㄒㄧㄚˋ子ㄗˇ變ㄅㄧㄢˋ得ㄉㄜˊ多ㄉㄨㄛ麼ㄇㄜ吵ㄔㄠˇ鬧ㄋㄠˋ啊ㄚ，
野ㄧㄝˇ獸ㄕㄡˋ、蟲ㄔㄨㄥˊ子ㄗˇ，各ㄍㄜˋ唱ㄔㄤˋ各ㄍㄜˋ的ㄉㄜ歌ㄍㄜ兒ㄦ，
聲ㄕㄥ音ㄧㄣ不ㄅㄨˋ和ㄏㄜˊ諧ㄒㄧㄝˊ，調ㄉㄧㄠˋ子ㄗˇ有ㄧㄡˇ高ㄍㄠ低ㄉㄧ，
好ㄏㄠˇ像ㄒㄧㄤ一ㄧˊ個ㄍㄜ沒ㄇㄟˊ有ㄧㄡˇ指ㄓˇ揮ㄏㄨㄟ、
沒ㄇㄟˊ有ㄧㄡˇ伴ㄅㄢˋ奏ㄗㄡˋ的ㄉㄜ合ㄏㄜˊ唱ㄔㄤˋ團ㄊㄨㄢˊ，亂ㄌㄨㄢˋ七ㄑㄧ八ㄅㄚ糟ㄗㄠ的ㄉㄜ，
又ㄧㄡˋ刺ㄘˋ耳ㄦˇ又ㄧㄡˋ難ㄋㄢˊ聽ㄊㄧㄥ。

丁伶郎空著手，滿身塵土，垂頭喪氣，回到了家。

「請問你拿到歌兒了嗎？」村裡的人急切的問。

「拿是拿到了。」

「在哪兒啊？快拿出來，大家好開始練唱。」

「叫牠們搶光了。」

「牠們？牠們是誰？」

「野獸和蟲子。」

大家這才明白，老遠傳來的那些叫聲，原來是野獸、蟲子們在唱歌兒。

「有什麼辦法把歌兒搶回來沒有，丁伶郎？」

「現在一點兒辦法都沒有，牠們都在張著大嘴，哇啦哇啦的唱，誰敢去惹牠們？裡面有老虎、有毒蛇啊！」

丁伶郎打個哈欠，要回家去睡覺，他實在太疲倦了。

村裡的人十分著急，現在有了歌兒，卻被野獸們拿去瞎唱，反不如以前沒有歌兒的時候好，那時候總還耳旁沒有噪音。

現在可倒好，白天聽牠們唱，晚上也聽牠們唱，這充滿噪音的日子，實在太難過了。

有些脾氣不好的人，主張把丁伶郎關進監牢，說他有陰謀，是故意把歌兒送給野獸的。丁伶郎一看情形不妙，就連忙說：「你們先別鬧，再等幾天，我一定把歌兒拿回來就是了。」

「要等幾天？請你說個準確的日子！」

「不會太久的，大概不超過七天。過了七天，我不把歌兒拿回來，隨便你們把我怎麼樣。還有一點要請你們幫忙，你們每個人都要好好睡覺、休息，養足了精神，到時候有吃力的事，得大家去做。」

大家想了想，這樣也合理，歌兒總是他拿到手的，他的主意應該聽。

46

47

一天，兩天，三天，四天過去了，
野獸還在唱歌兒。

第五天，好像牠們的聲音減低了一些，
第六天越來越小了，到了第七天，
竟一點兒聲音也沒有了。

丁伶郎把村裡的人集合在一起說：
「是時候了！我們去拿歌兒吧！牠們
已經不要歌兒了。」

大家連走帶跑，到了南山，看見好多
動物都軟綿綿的躺在地上、石頭上、
樹上，餓得快死了。滿地散亂著
歌兒上的小黑豆豆，東一串，西一堆，
有埋在草裡的，有掛在樹上的，
有塞在石縫裡的。村人費了好些力氣，
好些工夫，才一個一個撿起來，
帶回村裡，慢慢的整理好。

現在，每個人都會唱歌兒了。
他們還把已經會唱的歌兒拆開，
重新組織，再串起來，又變成
許多許多新的歌兒。從那以後，
人們的生活更快樂了。

他們去問丁伶郎：

「要是動物們不把歌兒丟掉，
我們到現在還不知道歌兒是
怎麼個唱法。你當初怎能
確定牠們在七天以後，
會不要歌兒了呢？」

「你們想一想，動物們
都一天到晚唱歌兒，
結果會怎麼樣？

兔子唱歌兒，老虎知道
牠在什麼地方，會去吃牠。
老虎一天到晚唱歌兒，
小鹿什麼的就會躲牠遠些，
老虎就沒東西吃了。
蜘蛛唱歌兒，小蟲子
怎能闖進牠的網？
小鼠唱歌兒，很快就會送掉
性命。牠們大家總是唱歌兒，
誰都沒有食物可吃，
等牠們餓極了，也餓昏了，
當然牠們就會把歌兒丟掉了。」

　　這就是人類會唱歌的故事。不過
有些小蟲兒，當初捨不得把歌兒全都
丟掉，還保存著一些小黑豆豆，自己
串成簡單的小曲兒，在夜深人靜，
大動物們都睡了的時候，偷偷的唱。

　　蜘蛛、蝸牛，在這件事情上，曾經
幫過大忙，知道歌兒得來不易，雖然
牠們自己不唱歌兒，卻喜歡聽人類
唱歌兒，所以牠們總是住在人們的
院子裡，為的是可以常常聽見歌聲。

寫 書 的 人

潘人木

　　潘先生原名潘佛彬，1919年生於遼寧省法庫縣的一個小村莊，名叫「賀爾海」。那裡並沒有海，只有一條可以抓螃蟹的小河，流經潘先生的家門前，當時幼小的她就認為那是海了，而且是她自己的海，充滿了她的幻想。「賀爾海」的原意不可考，但依國語解釋，是「祝賀你的海」，一出生就有深如大海的祝福，何其幸運？潘先生愛它亦如海。

　　自小到老，潘先生可以說一直在戰爭中成長。正要考大學，忽然七七事變。考試無限延期。准考證上的考場寫的是故宮三大殿，多酷！抗戰勝利後不久，1949年又因內戰來臺，倏忽50餘年。

　　潘先生在大學時就開始寫作，屢次得獎。在臺開始寫小說，擔任教育廳兒童讀物編輯小組編輯及總編輯共17年。著有長短篇小說、散文、兒童讀物多種，主編《中華百科》及《親子圖書館》兩大套。

畫 畫 的 人

鄭凱軍

　　鄭凱軍擅長插畫、連環畫創作，他的作品題材廣泛，形式多樣，而構思獨特、幽默機智是其突出的風格，曾獲得「中國優秀美術圖書特別金獎」、「冰心兒童圖書獎」、「五個一工程獎」（促進少年兒童文化發展的獎項）等多項大獎。根據他的作品《小和尚》、《萬國漂游記》改編的動畫，深受孩子們的喜愛。

　　藝術才華多方面的鄭凱軍，除了插畫，他長期在浙江醫科大學從事教育電視編導和電腦美術工作，並曾獲全國科普電視評比銀獎。

羅小紅

　　羅小紅出生在以湖山秀麗的西湖而名聞天下的杭州，畢業於浙江工學院，現任職於浙江大學醫學院現代教育技術中心，從事教育視聽軟體編導。擅長電腦美術創作，巧妙地運用手中的「小老鼠」詮釋出心中的世界。

兒童文學叢書

童話小天地

榮獲新聞局第五屆圖畫故事類「小太陽獎」暨
第十八次中小學生優良課外讀物推介
文建會2000年「好書大家讀」活動推薦

丁疙郎　　奇奇的磁鐵鞋　　九重葛笑了

智慧市的糊塗市民　　屋頂上的祕密　　石頭不見了

奇妙的紫貝殼　　銀毛與斑斑　　小黑兔　　大野狼阿公

大海的呼喚　　土撥鼠的春天　　「灰姑娘」鞋店

無賴變王子　　愛咪與愛米麗　　細胞歷險記

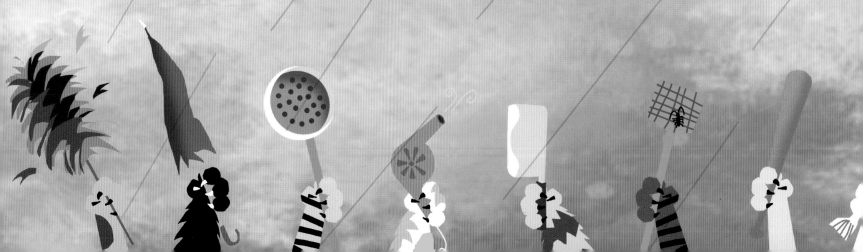

童話的迷人，

正是在那可以幻想也可以真實的無限空間，

從閱讀中也為心靈加上了翅膀，可以海闊天空遨遊。

這一套童話的作者不僅對兒童文學學有專精，

更關心下一代的教育，

出版與寫作的共同理想都是為了孩子，

希望能讓孩子們在愉快中學習，

在自由自在中發展出內在的潛力。

——簡宛（名作家暨「兒童文學叢書」主編）